Y0-BZL-289

Nota para los padres y encargados:

Los libros de *Read-it!* Readers son para niños que se inician en el maravilloso camino de la lectura. Estos hermosos libros fomentan la adquisición de destrezas de lectura y el amor a los libros.

El NIVEL MORADO presenta temas y objetos básicos con palabras de alta frecuencia y patrones de lenguaje sencillos.

El NIVEL ROJO presenta temas conocidos con palabras comunes y oraciones de patrones repetitivos.

El NIVEL AZUL presenta nuevas ideas con un vocabulario más amplio y una estructura gramatical más variada.

El NIVEL AMARILLO presenta ideas más elevadas, un vocabulario extenso y una amplia variedad en la estructura de las oraciones.

El NIVEL VERDE presenta ideas más complejas, un vocabulario más variado y estructuras del lenguaje más extensas.

El NIVEL ANARANJADO presenta una amplia de ideas y conceptos con vocabulario más elevado y estructuras gramaticales complejas.

Al leerle un libro a su pequeño, hágalo con calma y pause a menudo para hablar acerca de las ilustraciones. Pídale que pase las páginas y que señale los dibujos y las palabras conocidas. No olvide volverle a leer los cuentos o las partes de los cuentos que más le gusten.

No hay una forma correcta o incorrecta de compartir un libro con los niños. Saque el tiempo para leer con su niña o niño y transmítale así el legado de la lectura.

Adria F. Klein, Ph.D.
Profesora emérita, California State University
San Bernardino, California

Editor: Jacqueline A. Wolfe
Designer: Nathan Gassman
Page Production: Angela Kilmer
Creative Director: Keith Griffin
Editorial Director: Carol Jones
The illustrations in this book were created digitally.
Translation and page production: Spanish Educational Publishing, Ltd.
Spanish project management: Jennifer Gillis/Haw River Editorial

Picture Window Books
5115 Excelsior Boulevard
Suite 232
Minneapolis, MN 55416
877-845-8392
www.picturewindowbooks.com

Printed in the United States of America.

Library of Congress Cataloging-in-Publication Data
Jones, Christianne C.
[Robin's new glasses. Spanish]
Lili tiene gafas / por Christianne C. Jones ; ilustrado por Ji Sun Lee ; traducción, Clara Lozano.
p. cm. — (Read-it! readers en español)
Summary: Lili worries about how her life will change when she gets her first pair of glasses.
ISBN-13: 978-1-4048-2708-0 (hardcover)
ISBN-10: 1-4048-2708-0 (hardcover)
[1. Eyeglasses—Fiction. 2. Spanish language materials.] I. Lee, Ji Sun, ill. II. Lozano, Clara. III. Title. IV. Series.

PZ73.J5648 2007
[E]—dc22 2006008329

Lili tiene gafas

por Christianne C. Jones
ilustrado por Ji Sun Lee
Traducción: Clara Lozano

Con agradecimientos especiales a nuestras asesoras:

Adria F. Klein, Ph.D.
Profesora emérita, California State University
San Bernardino, California

Susan Kesselring, M.A.
Alfabetizadora
Rosemount-Apple Valley-Eagan (Minnesota) Scl ol District

PICTURE WINDOW BOOKS
Minneapolis, Minnesota

Lili se levanta muy temprano
el lunes en la mañana.

Es un día especial. Va a ir por sus primeras gafas.

Lili está nerviosa. ¿Cambiará todo cuando se ponga las gafas?

En el consultorio Lili no puede estarse quieta.

¡Se tardan mucho!

Por fin la doctora llama a Lili.

Sus gafas están listas.

Lili se pone sus gafas nuevas.

¡Puede ver bien todo!

A Lili le encantan sus gafas.

Son rojas, su color favorito.

¡Se siente muy bien con sus gafas!

Le encanta cómo se ven.

Le encanta cómo se sienten.

Pero lo que más le gusta es que puede ver muy bien.

Ya puede ver todas las letras del pizarrón.

Lili puede hacer todo lo que hacía antes. ¡Pero ahora que puede ver, lo hace mejor!

Más *Read-it!* Readers

Con ilustraciones vívidas y cuentos divertidos da gusto practicar la lectura. Busca más libros a tu nivel.

Campamento de ranas	1-4048-2682-3
Dani el dinosaurio	1-4048-2706-4
El gallo mandón	1-4048-2686-6
El mono malcriado	1-4048-2688-2
El salvavidas	1-4048-2702-1
En la playa	1-4048-2685-8
La cámara de Carlitos	1-4048-2701-3
La fiesta de Jacobo	1-4048-2683-1
Los osos pescan	1-4048-2696-3
Luis y la lamparilla	1-4048-2704-8
Mimoso	1-4048-2710-2
¡Todo se recicla!	1-4048-2689-0

CUENTOS DE HADAS

Caperucita Roja	1-4048-2687-4
Los tres cerditos	1-4048-2684-X

¿Buscas un título o un nivel específico? La lista completa de *Read-it!* Readers está en nuestro Web site:

www.picturewindowbooks.com